날씨부터 동그라미

날씨부터 동그라미

최영희 소설 ― 김선배 그림

낮은산

담임은 동미 걱정은 말라고 했다. 무던한 아이니 새 학교에 가서도 금방 적응하리라는 것이었다. 엄마도 동미 걱정은 없다고, 속이 깊은 아이라 엄마 아빠의 사정을 잘 헤아린다고 맞장구를 쳤다. 동미는 내내 듣고만 있다가 안녕히 계시란 말만 남기고 교무실을 빠져나왔다. 터덜터덜 발을 내딛고 한숨도 쉬어 보았지만 점심시간의 왁자한 소음에 묻히고 말았다.

교문을 벗어나 문구점 골목을 지날 즈음 동미의 하늘은 가장자리에서부터 실금이 가기 시작했다. 동미는 전학을 가고 싶지 않았다. 남겨 두고 온 친구들의 세상은 '낮 최고기온 24도, 강수확률 10%의 맑은 봄날'이지만 열다섯 살 한동미의 하늘은 곧 시커먼 우박을 쏟아 내며 붕괴할 터였다.

　　도서관 사거리를 지나고 엄마가 집 쪽으로 핸들을 꺾었을 때, 하늘에서 검은 운모판 같은 우박들이 투두둑 떨어지기 시작했다.

　　"아유, 저 꽃들 좀 봐. 속도 모르고 세상은 봄이네."

　　찻길에는 엄마의 혼잣말을 닮은 아지랑이가 피어오르고, 동미의 세계는 굉음과 함께 초토화되기 시작했다. 무자비한 우박이 학교와 분식집 골목, 동미의 단골 문구점과 동전 노래방 건물을 차례로 바스러뜨렸다. 그렇다. 이건 한동미의 개별우주와 보편우주의 엇박자에 관한 이야기다.

어느 여름날, 나는 여덟 살 동미와 처음 만났다.

여름 감기에 걸린 동미는 누런 코를 훌쩍이며 나를 쏘아보고 있었다. 정확히는 내 몸에 그려진 여섯 가지 날씨 그림을 노려보고 있었다.

햇볕 쨍쨍 태양, 천둥번개 구름, 장대비 우산, 그냥 구름, 구름 뒤 태양, 함박눈 눈사람.

개학을 불과 사나흘 앞둔 시점이었고, 방학 일기 몰아 쓰기의 최난도 골칫거리는 날씨 표기였다. 물론 기상청 홈페이지에 들어가 보거나 어른들에게 도움을 청하면 될 일이었다. 하지만 그날 동미의 눈알에는 난감함을 넘어선 새로운 차원의 열망이 꿈틀거리고 있었다. 오로지 여섯 가지 날씨 그림으로만 표현되는 세계를

열어젖힐 채비를 하는 것이었다.

아! 오늘의 세계를 기록하는 일은 날씨부터 동그라미 치고 시작하는 거구나!

동미는 여섯 가지 날씨 그림을 공평무사하게 대우하기로 했다. 월요일이 햇볕 쨍쨍이면 화요일은 천둥번개가 쳤고, 수요일엔 장대비가 내리고, 목요일은 종일 구름이 끼고, 금요일은 흐리다 차차 개고, 토요일엔 함박눈이 내렸다.

잭 런던이 『불을 지피다』에서 말한 '엄청나게 춥고 거무스레 어두운 날'이라거나, 메리 셸리가 프랑켄슈타인 박사의 눈으로 묘사한 '빗방울이 유리창 위로 타닥타닥 떨어지는 어느 음울한 밤'이라거나, 얀 마텔이 『파이 이야기』에서 말한 '해가 전깃불을 밝힌 것 같은 오렌지색 빛을 내며 수평선 위로 올라'오는 날 같은 건 가당치도 않았다. 여덟 살 동미에게 세계는 태양, 번개 구름, 우산, 그냥 구름, 해를 반쯤 감춘 구름, 눈사람 그림 중 하나여야 했고, 여섯 개로 반복되는 날씨는 엄연한 삶의 진실이었다.

 기상청의 기록 따위는 중요하지 않았다. 그림일기로 존재가 증명되는 동미의 개별우주는 이레마다 장대비가 내리기 마련이었다. 그리하여 그해 여름엔 월요일과 돌아오는 일요일의 날씨는 언제나 같았으며 일주일에 한 번꼴로 함박눈이 내렸다.

 펑펑…….

화

월 일

토

금

목

수

날씨의 난관을 넘어서자 또 다른 골치 아픈 문제가 버티고 있었다. 육하원칙 가운데 '무엇'을 해결하는 일이었다.

당시 동미는 시골 할머니 집에서 살고 있었고, 어제가 오늘 같고 오늘이 내일 같은 시골에서 하루하루를 색다른 '무엇'들로 채워 간다는 건 쉬운 일이 아니었다. 그래서 이번에도 동미는 '실제로 그 일이 벌어졌는가?' 하는 점은 염두에 두지 않기로 했다.

그림일기 쓰는 법을 터득한 동미는 뭉뚝한 연필심으로 번개 구름에 동그라미를 쳤다. 마침내 동미의 개별우주가 시작된 것이다.

천둥번개가 치던 그날, 동미는 엄마와 숨바꼭질하다가 500년 된 나무 구멍 속에서 잠이 들고 말았다. 엄마는 도시에서 일을 하느라 동미와 같이 살지도 않았고 할머니네 동네에는 동미가 몸을 숨길 만큼 큰 아름드리 고목이 없었지만 무슨 상관이란 말인가. 그 일은 동미의 글자와 그림으로 이루어진 진실이었다.

다음 날 그림일기는 당연히 우산에 동그라미를 치는 것으로 시작되었다. 꼼짝없이 장대비가 내리던 그날, 아빠는 다친 고라니를 업고 와서 동미더러 동생 삼아 키우라 했다. 동미는 고라니 이마에 물수건을 덮어 주고 까만 알약을 한 움큼씩 먹이며 녀석을 돌보았다. 그 약은 할머니가 텔레비전 옆에 두고 먹던 검은 환약에서 착안한 것이었다. 하지만 그다음 날의 일기에서, 그러니까 종일 구름이 끼고 흐린 날이 되자 고라니는 자취를 감추고 없었다.

그리고 함박눈이 펑펑 내리던 날……, 한동미는 처음으로 죽어 보았다.

눈사람에 동그라미를 친 동미는 그날의 '무엇'을 고민하다가 네모난 차를 그리기 시작했다. 모든 차를 직사각형과 동그라미 두 개로 표현하던 시절이라, 버스인지, 승용차인지 아니면 픽업트럭인지는 확실하지 않았다. 아무튼 차였다.

커다란 차가 그림 칸의 정중앙을 차지하자, 동미는 그 아래쪽에 차렷 자세로 누운 사람을 그렸다. 한동미였다. 꼭 감은 두 눈에는 당시 1학년 사이에 유행하던 화풍에서 유래한 길고 가지런한 속눈썹이 달려 있었고 얼굴과 목, 손 등 옷 밖으로 드러난 피부는 온통 피투성이였다. 그림의 나머지 여백은 크기가 제각각인 눈송이들로 채워졌다. 그리고 원고지 칸에는 그날의 '무엇'을 단순 명료하게 기록했다.

차가 나를 박았습니다. 나는 그만 죽고 말았습니다.

나는 그만 죽고
말았습니다.

함박눈이 내리던 날의 교통사고는 한동미의 개별우주에서 벌어진 일이었다. 읍내 시장에 다녀온 할머니는 선풍기를 끌어당기며 '머리가 벗겨지고 눈알이 삶길 정도로' 더운 날이라 했지만 그즈음 동미는 여름 감기의 오한에 시달리고 있었고 그리운 것들이 찾아오지 않는 세계에서 내내 외로웠다. 찻길 복판에 대자로 뻗어버리고 싶을 만큼…….

그 뒤로도 동미는 심심찮게 죽었다. 독이 든 열매를 삼키고 성난 멧돼지의 엄니에 받치는 등 죽음에 이르는 방식이야 다양했지만 죽음 직후의 자화상은 한결같았다. 두 팔을 몸통에 반듯하게 붙이고 있었고, 눈썹은 가지런히도 길었다. 그때마다 일기는 '나는 그만 죽고 말았습니다.'로 끝이 났다. 그림일기 속 죽음이란 동미의 상상이 열어젖힌 개별우주와의 작별 인사였다. 오늘의 삶과 이야기는 언제든 붕괴될 수 있다는 것을, 여덟 살 동미는 알고 있었다.

여름방학이 끝나자 동미는 나를 담임선생님에게 제출했다. 담임은 그림일기의 마지막 페이지 마침표 옆에다 곰돌이 그림 칭찬 도장을 찍어 주었다. 불룩한 배를 내밀고 서 있는 곰돌이 아래에는 글자가 새겨져 있었다. 참 잘했어요!

동미 이야기가 객관적 정당성을 부여받는 순간이었다. 게다가 담임은 동미의 보편우주에서 가장 영향력 있는 권위자였다. 그때 담임이 동미의 그림일기에 일일이 첨삭을 가했다면, 이를테면 여름에는 눈이 내리지 않는다는 사실을 지적하거나 일기란 실제로 일어난 일들과 하루의 반성으로 채워야 한다는 식의 조언을 했더라면 동미의 개별우주는 그해 여름에 끝장이 났을 것이다. 하지만 배불뚝이 곰 한 마리가 다였다. 그 명징한 긍정의 신호 덕에, 동미는 고라니를 동생 삼고 한여름에 눈사람을 빚는 세계에 체류할 수 있었다.

년 월 목요일 날씨

	나	는		그	만			죽	고
말	았	습	니	다	.				

참 잘했어요!

곰돌이 도장이 동미 인생에 남긴 것은 이 세상에는 사람들 머릿 수만큼 개별우주가 있다는 교훈이었다. 할머니네 동네만 슬쩍 둘러보아도 그 깨달음을 뒷받침할 사례들이 넘쳐 났다.

함석지붕에 돌을 얹어 놓고 사는 박병채 노인은 술에 취하면 동네 슈퍼 사장을 붙잡고 혀 꼬부라진 소리를 했다.

"누님, 사는 게 이리 추워도 되는 겁니까. 맘이 시리고 손발이 곱아서 당최 견딜 수가 없습니다."

박병채 씨는 8월에서 9월로 넘어가는 늦더위 속에서도 추위를 탔다. 그건 아마도 박병채 씨의 세상이 강풍과 눈보라로 뒤덮였기 때문일 터였다.

한편 슈퍼 사장은 그런 박병채 씨만 보면 복장이 터진다고 했다.

"외상값 갚을 새는 없고 맘이 시릴 여유는 있나 봐. 나는 동생만 보면 대한 소한 엄동설한에도 열불이 솟고 땀이 빠작빠작 난다."

겨울에 열이 솟고 땀이 나는 건 슈퍼 사장의 하늘에 여름 해가 쨍쨍했기 때문이리라.

　또 산자락에 개 축사를 지어 놓고 사는 박귀옥 씨는 근처 뽕나무밭 주인 도의기 씨와 개똥 문제로 시비가 붙었을 때 이렇게 말했다.

　"오뉴월에 서리 내리는 꼴 보고 싶지 않으면 그만하시는 게 좋을 거예요!"

　박귀옥 씨의 세상에는 여름에도 서리가 내리는 모양이었다.

　한날한시에 박병채 씨는 추위에 떨고, 박귀옥 씨의 축사와 도의기 씨의 뽕밭에는 서리가 내렸다. 동미는 맹감이 빨갛게 익어 가는 산자락과 아이스크림을 사러 간 슈퍼 앞에서 그네들의 이야기를 들었다.

동미는 아이스크림이 묻어 끈끈해진 손으로 그림일기를 펼쳤
다. 서툰 글과 그림으로나마 여러 인생의 엇갈림과 모순을 표현하
려고 했다. 차렷 자세의 어른 넷과 아이 하나가 있고, 타원형의 눈
송이와 지면에 빗금으로 처리된 서리가 공존하는 마을 풍경이었
다.

할머니 할아버지가 싸웁니다. 나는 오늘 아이스크림을 억 개 먹
었습니다. 아빠가 사 왔습니다.

'억 개'는 당시 동미네 초등학교 1학년들이 가장 큰 숫자를 표현하던 관용어였다. 실제로 동미가 먹은 것은 쌍쌍바 하나였고 엄마와 아빠는 여전히 도시에 살고 있었지만 일기에는 한 톨의 거짓도 없었다. 그건 곰돌이 도장이 진실성을 보장하는 세계의 일이었다.

사실 그날의 그림일기는 동미보다는 나에게 중요한 의미를 지니는 것이었다. 동미의 그림일기가 어느덧 마지막 장에 다다랐기 때문이다. 나는 누가 봐도 '다 쓴 일기장'이었고 할머니의 처분을 기다리는 신세가 되었다. 그 노인네로 말할 것 같으면 안 쓰는 물건이 방에 굴러다니는 꼴을 못 보는 성미였다.

나는 창고로 쓰는 좁은 방에 던져졌다. 가끔 방 앞을 지나가는 동미 목소리가 들렸지만 그 애의 세계에 닿을 수는 없었다. 나는 보편우주에 버려진 잡동사니에 지나지 않았다. 비가 오면 빗소리를 듣고, 바람이 불면 꼼짝없이 바람 소리를 들어야 했다. 동미만의 세계에 어떤 일이 벌어졌는지는 알 길이 없었다.

나는 꼬박 2년을 어둠 속에 묻혀 있었다. 하지만 열 살 동미가 나를 다시 불러냈다. 동미는 그림 칸이 따로 없고 당연히 여섯 개의 날씨 그림도 없는 줄 노트 첫 장 첫 칸에 소용돌이무늬 태양을 그려 넣었고, 나는 한동미의 개별우주로 이끌려 왔다. 아, 나는 얼마나 바보였던가. 내 영혼은 한낱 일기장에 귀속된 게 아니었다. 나는 동미가 일기를 쓰는 한 그 애 곁에 있을 수 있었다.

뒤에 알게 된 사실이지만 1학년 가을부터 동미는 일기를 쓰지 않았다. 도시로 전학을 가서 엄마 아빠와 함께 살게 된 것이었다. 새 학교의 담임은 일기 검사를 따로 하지 않았고 동미도 이런저런 학원에 적응하느라 여유가 없었다.

나를 깨운 건 3학년이 된 동미였다. 동미의 담임은 꼬장꼬장한 할아버지 선생님이었다. 그는 아이들에게 일기의 공식을 가르쳤는데 그 결과 동미의 일기에는 그림일기 시절과는 사뭇 다른 이야기들이 들어차게 되었다.

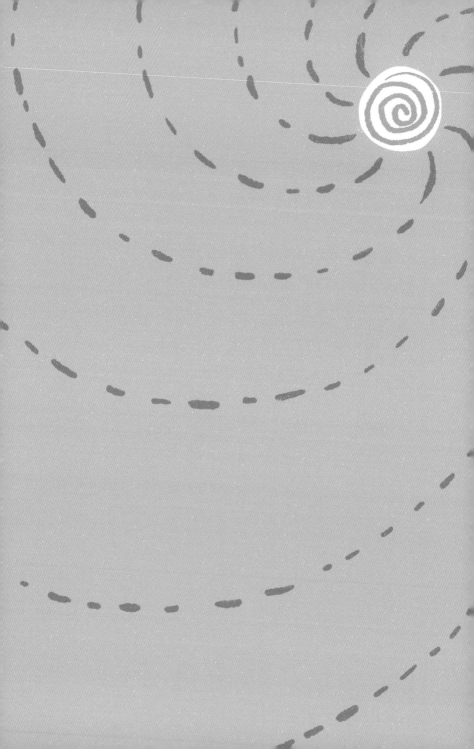

열 살 한동미의 일기는 '나는 오늘'과 '참 보람찬 하루였다.' 사이의 과정을 해명하는 작업이었다. 이를테면 이런 식이었다.

나는 오늘 아침에 계란 프라이랑 빵을 먹고 학교에 갔다. 숙제 공책을 까먹어서 벌점 스티커를 받았고, 5교시에는 샤프가 갑자기 사라졌다. 학교가 끝나자 윤태가 죽은 쥐를 보여 줘서 나도 만져 보았다. 영어 학원에 가서 선생님 몰래 커피를 뽑아 먹었고 집에 와서 밥도 먹었다. 참 보람찬 하루였다.

대체 어느 대목에서 보람을 느꼈느냐고 되묻는 일은 무의미하다. 동미는 할아버지 담임이 정해 준 일기 공식을 따랐을 뿐이었다. 담임은 일기의 시작과 끝만 확인했기 때문에 그 사이에는 무엇이 들어가도 상관없었다.

한동안 하루 일과를 줄줄이 늘어놓던 동미도 서서히 '나는 오늘'과 '참 보람찬 하루였다.' 사이의 광활한 허공을 인지하기 시작했다.

동미는 그 허공에 뭔가를 욱여넣는 일에 흥미를 느꼈다. 엄마 아빠의 부부 싸움이나 두 사람이 이태 전에 개업한 건강식품 가게의 판매 실태 같은 리얼리즘도 넣어 보고, 옆 반 아이들이 공영 주차장 뒤편에서 보았다는 UFO나 이웃 초등학교 아이들의 입을 찢어 놓고 갔다는 빨간 마스크 따위의 미스터리도 밀어 넣었다. 가끔은 할아버지 담임을 비방하는 말들을 늘어놓기도 했다. 그래도 모든 날은 보람차게 끝이 났고, 담임은 늘 자기 이름이 새겨진 뿔 도장을 찍어 주었다.

열 살 가을에 접어들면서 동미의 일기는 고정 인물이 등장하는 연속극으로 변해 갔다.

같은 영어 학원에 다니는 기찬영이 그 주인공이었다. '나는 오늘'과 '참 보람찬 하루였다.' 사이에는 기찬영에 관한 시시콜콜한 이야기가 들어찼다. 학원 정수기 앞에서 기찬영과 마주친 일만 가지고도 열 줄을 거뜬히 채웠으며, 기찬영을 못 보고 돌아온 날은 그것대로 긴 서사가 되었다.

아쉬운 건 동미의 세계에서 네 가지 날씨 그림이 증발했다는 점이었다. 그 무렵 동미의 날씨는 해가 눈부시게 반짝이거나 장대비가 퍼붓거나 둘 중 하나였다.

기찬영이 영어 학원을 옮겼을 땐 하늘에 구멍이라도 뚫린 것처럼 비가 쏟아졌고 결국 대홍수가 세상을 덮치고 말았다. 학교도 집도 엄마 아빠의 가게도, 영어 학원도 죄다 물에 잠겨 버렸다. 어느 날에는 새끼 고양이 한 마리만 남겨 놓고 다 물에 빠져 죽었고 또 어느 날에는 물바다로 변해 버린 도시를 동미 혼자 뗏목을 타고 떠다니기도 했다. 하지만 물이 찰랑거리던 그날들도 어김없이 '참 보람찬 하루였다.'는 소회로 끝이 났다.

하지만 절대 보람찰 수 없는 날들이 동미를 기다리고 있었다. 엄마 아빠가 가게 문을 닫고 다른 도시로 급히 이사를 가게 된 것이다. 기찬영과 함께 살던 마을에서 무려 버스로 두 시간을 달려야 다다를 수 있는 곳이었다.

일기는 다시 멈추었다.

새 동네에서는 학원도 다니지 않았고 집에서 혼자 지내는 시간이 늘었지만 동미는 일기를 잊은 듯했다. 그 대신 책에 빠져들었다. 집 근처 도서관에서 책을 빌려 오고 가끔은 소리 내어 읽었다. 나는 책장에 누운 채 동미 목소리를 들었다. 돌풍이 몰아치는 캔자스, 괴수가 울부짖는 바다와 등대, 마법사들의 학교가 있는 마을, 어느 오만한 과학자의 연구실과 쇄빙선이 있는 극지방을 넘나드는 이야기를 거쳐 동미는 열한 살이 되었고 기찬영은 잊은 듯보였다. 하지만 그건 내 착각이었다. 동화집 두 권을 쉬지도 않고 읽어 치운 날, 동미는 삐걱거리는 의자를 박차고 일어섰다.

"결말이 있어야 돼. 동화처럼 말이야!"

그러고는 나를 집어다가 책상에 펼쳤다.

일기장 맨 윗줄에 검정 구름을 그린 다음 구름 아래로 굵은 빗금 여남은 개를 그었다. 맹렬한 빗줄기였다. 동미네 반지하 방 창틀 너머로 마른 먼지들이 날리고 있었지만 동미의 개별우주는 열대림의 우기가 한창이었다.

아마존강에 기찬영이 있었다. 아마존은 열한 살 한동미가 생각하기에 지구에서 가장 먼 땅이었다. 기찬영은 거대한 아나콘다에 몸이 휘감긴 채 출렁이는 강물 속으로 끌려 들어갔다. 나는 한때나마 이 개별우주의 주요 인물이었던 기찬영이 죽음을 맞을까 봐 불안했다. 다행히 일기가 반 페이지쯤 채워지자 기찬영과 아나콘다가 먹잇감과 포식자의 관계가 아니라는 사실이 드러났다. 아나콘다는 탐험가가 된 기찬영을 황금 도시로 데려가는 길잡이였다.

동미는 아마존강 기슭에 이름 모를 사람들을 세워 두었다. 주로 한국에서 온 관광객들이었다. 그들은 기찬영을 구해야겠다는 생각보다는 기찬영이 물속으로 사라지는 장면을 휴대폰 카메라에 담는 데 여념이 없었다. 어쩔 수 없는 일이었다. 이 세계의 창조자인 한동미가 그들에게 목격자의 지위만 부여했기 때문이다. 동미는 목격자들까지 동원하여 기찬영이 황금 도시로 떠났다는 사실을 못 박고 싶었던 것이다.

탐험가 기찬영이 황금 도시를 찾아내면서 한동미와 기찬영의 이야기는 해피 엔딩을 맞았다. 이별이 어떻게 행복한 결말일 수 있느냐고 따질 권한은 누구에게도 없었다. 동미는 탐험가가 꿈이라던 기찬영의 말을 기억하고 있었고 그날 일기에 마지막 마침표를 찍었을 때 동미는 웃고 있었다. 그 이상의 결말은 없었다.

　우기의 아마존강을 배경으로 전개된 기찬영의 모험은 한동미의 '나는 오늘'과 '참 보람찬 하루였다.' 사이에 던져진 마지막 이야기였다. 그날 이후 한동미의 일기는 할아버지 선생님의 공식을 벗어나게 되었다.

틀을 벗어던진 일기는 강력한 힘을 발휘했다. 그전까지 동미가 쓰고 내가 보존하는 형태였던 개별우주의 기록들이 일기장을 박차고 나온 것이다.

폭설로 등교 시간이 미뤄진 열세 살의 어느 날…….

길가 우체통 위에도, 길고양이들이 볕을 쪼이던 은행 건물 실외기 위에도 눈이 수북했지만 동미는 눈을 뭉치거나 눈사람을 만들 수 없었다. 다른 사람들처럼 눈길에 발자국도 새기지 못했다. 굵은 눈송이들은 동미에게 닿기 전에 흔적도 없이 사라져 버렸다. 그날 동미는 발이 움푹움푹 빠지는 모래 언덕을 넘어 학교에 가고 있었다. 사막의 열기에 입술이 갈라지고 발꿈치가 욱신거렸다.

조금 거친 말들이 오간 부부 싸움 끝에 아빠가 집을 나가 버린 날 아침의 일이었다.

아는 얼굴들이 눈 뭉치를 주고받으며 앞서가는데 동미는 대여섯 발짝마다 멈춰 서서 침을 뱉어 댔다. 입안에 모래가 버적거려서 어쩔 수가 없었다. 그렇다고 동미가 풀이 죽거나 억울했던 건 아니었다. 엄마 아빠가 속한 세계와 두 사람에게서 유래한 것들이 동미의 전부가 아니어서 외려 마음이 놓였다.

동미에겐 뜨거운 모래밭이 있었고 사막 구석구석을 설계할 권한이 있었다. 동미가 바라기만 한다면 눈알이 툭툭 불거진 도마뱀붙이들을 사방에 풀어놓을 수도 있었다. 발이 아프고 엄마 아빠 일로 마음이 조금 고단했을 뿐 여느 날과 다름없는 등굣길이었다.

학교에 도착한 뒤에는 담임에게 말하고 곧장 보건실로 갔다.

머리가 깨질 것 같다는 말에 보건 선생님은 눈 오는 날 맨발에 슬리퍼 차림으로 돌아다녔으니 당연한 결과라 했다. 동미도 군소리 없이 두통약을 받아 삼켰다. 모래 언덕에서 얻은 일사병 증세라고 항변하고 싶어도 열세 살의 개별우주는 애초에 객관적 증명이 불가능한 세계였다.

동미는 전기장판이 켜진 보건실 침대에 엎드려 일기를 썼다. 마루가 뾰족한 모래 언덕을 그리고, 언덕 비탈을 따라 선인장을 심은 뒤에 허공에다 큼지막한 소용돌이를 그려 넣었다. 오늘의 날씨는 사막의 이글거리는 태양이었다. 등굣길 풍경을 묘사한 그날의 일기 덕에 나는 동미의 개별우주가 세상에 구현된 첫 순간을 간직하게 되었다.

엄마 아빠의 의심이 시작된 것도 그 무렵이었다.

두 사람은 동미가 예전의 한동미가 아니라고 입을 모았다. 말투는 거칠어졌고 미심쩍은 비밀들을 품고 있는 게 분명한데 당최 속을 알 수 없다고 했다. 동미도 뭐가 문제인지 알지 못했다. 두 사람의 일에 무관심해진 것도 아니었고 엄마 아빠가 싫어진 것도 아닌데 자꾸만 말들이 헛돌았다.

엄마 아빠랑 사는 게 싫으냐고, 널 키우는 일이 쉬운 것 같으냐고 아빠가 소리쳤을 때도 동미는 입술만 달싹이고 있었다. 속에서 뜨거운 것이 북받쳐 오르는데 열세 살의 어휘로는 그 감정들을 담아낼 수가 없었다. 갑갑한 마음에 입술만 잘근거리다가 결국에는 두 손으로 귀를 틀어막고서 냅다 비명을 질러 버렸다.

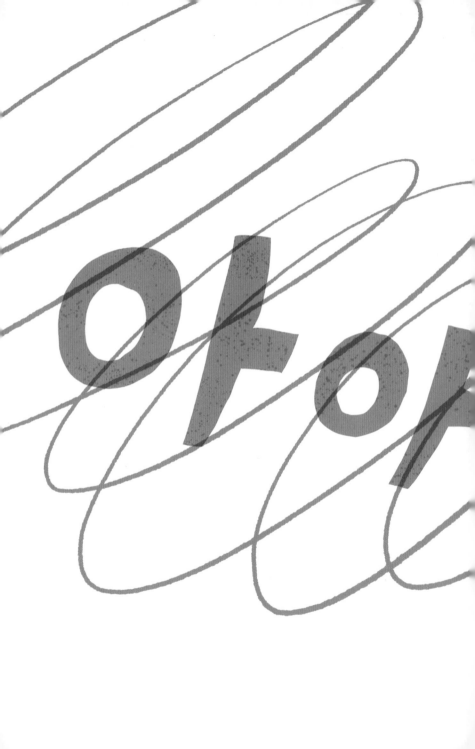

그 비명이 터져 나온 맥락을 온전히 이해하는 존재는 나밖에 없었다. 일기의 반을 그림으로 채우던 꼬마 시절, 많은 아이들이 그러했듯 한동미 역시 동음이의어에서 촉발된 혼란을 겪은 적이 있었다.

당시 할머니는 아무개의 아는 사람이 죽었다는 소식이 들릴 때마다 혀를 차며 이리 말했다.

"아까운 목숨이 비명에 갔구먼!"

한동미는 그 비명이 당연히 술에 취한 박병채 할아버지나 동네 애들이 질러 대는 그 비명인 줄 알았다. 그 뒤로 동미는 학교나 길에서 누가 비명을 지르면 납작 엎드리곤 했다. 비명에도 사람이 죽는다는 걸 알아 버린 이상 목숨을 부지하려면 그 수밖에 없었던 것이다. 실제로 동미의 일기에도 비명을 질러서 귀신이나 외계인을 물리치는 장면이 종종 등장하곤 했다.

열세 살의 한동미는 당연히 그 비명이 다른 비명이라는 걸 알았다. 하지만 쉴 새 없이 다그쳐 대는 엄마 아빠를 상대하려다 보니 어린 시절의 비밀 병기가 튀어나온 것이다. 비명을 다 지른 뒤에는 한동미 본인이 생각해도 어이가 없어서 픽 웃고 말았다.

그날 엄마 아빠는 나름의 진단을 내렸다.

"너 사춘기니?"

딸이 말로만 듣던 사춘기에 접어들었다고 판단한 엄마는 급기야 동미의 일기장을 훔쳐보기에 이르렀다. 지금도 동미 엄마의 눈길이 나를 훑고 지나가던 그때를 잊을 수가 없다. 동미 엄마는 사막의 도마뱀붙이나 아마존강의 아나콘다를 이해할 수 있는 사람이 아니었다.

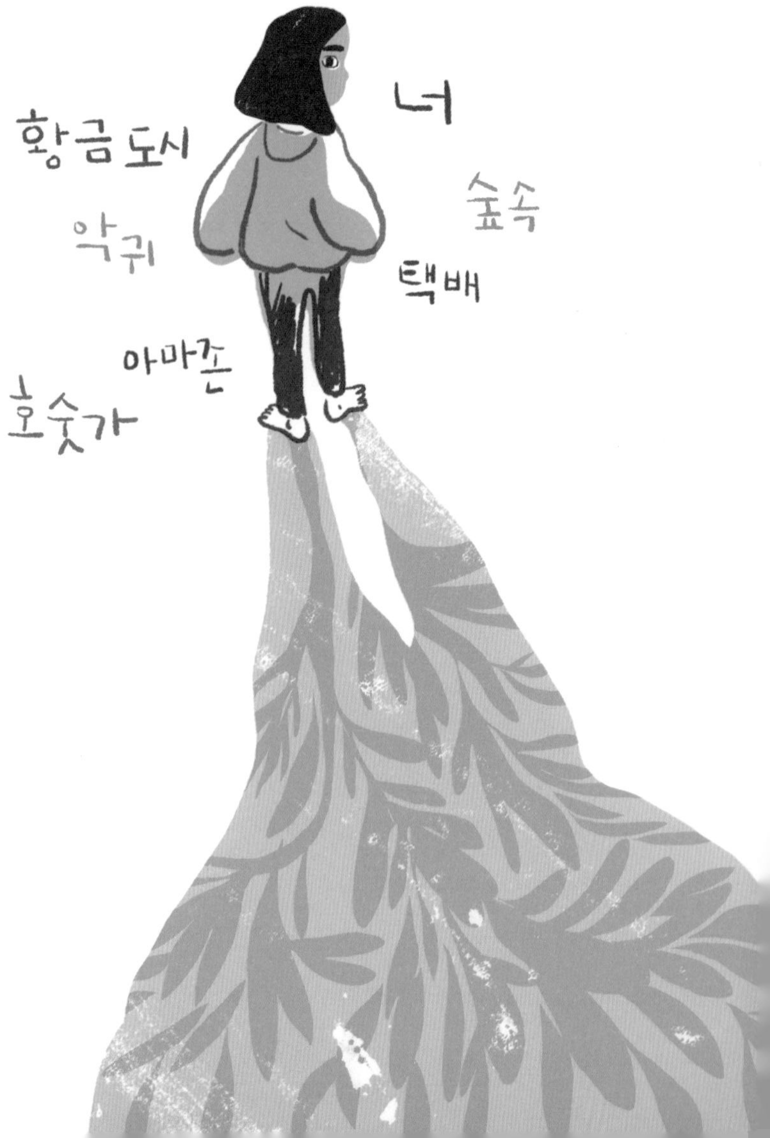
너
황금도시
숲속
악귀
택배
아마존
호숫가

동미 엄마 입에서 신음에 가까운 탄식이 새 나왔다. 나는 그때라도 동미 엄마가 나를 제자리에 돌려놓고 나가 주길 바랐다. 하지만 동미 엄마는 딸의 일기를 엿보았다는 사실을 스스로 실토했다. 너를 이해해 보려고 내가 이 짓까지 했다, 하는 구실을 내세웠지만 동미한테는 그저 무례한 도발과 구질구질한 변명일 뿐이었다. 동미는 가방과 책들을 패대기치며 격렬히 항의했지만 엄마의 사과를 받아 내진 못했다.

그 후로 한동미의 일기는 누가 엿볼지도 모른다는 가능성을 전제하고 작성되었다.

처음에는 단어들만 늘어놓는 식이었다.

아마존. 황금 도시. 너. 택배.

시베리아 한파가 이어지던 어느 날의 일기였다. 동미의 세계에는 화산이 폭발했고, 화산재를 들이마신 동미는 기침을 콜록거리며 기찬영을 생각했다. 찬영이는 아나콘다를 따라 황금 도시로 떠났다. 하지만 그 닫힌 결말을 허물고 녀석을 다시 불러내야 할 만큼 동미에겐 심란한 날이었다. 엄마 아빠가 또 일방적으로 이사 계획을 세우는 중이란 걸 알아차린 것이다.

일기에 적힌 아마존과 황금 도시는 그 애의 주소지였고 '너'는 당연히 기찬영이었다. 그리고 택배는 입체 퍼즐로 완성한 황금색 테디베어였다. 원래는 성탄 선물로 엄마에게 주려던 거였는데 마음이 바뀌었다. 동미는 테디베어를 에어 캡 비닐로 잘 감싸서 기찬영에게 택배로 보냈다. 아마존강 기슭까지는 페덱스가 맡아 주었고 그다음부터는 아나콘다가 수고해 주었다. 동미가 길고 구체적인 서사를 구시렁거리면서도 일기에는 단어 몇 개만 끼적여 놓았다.

해가 바뀌고 생일이 지나고 열네 살이 되자 동미의 일기에는 다시 문장들이 등장했다. 그래도 의심을 다 거두지는 못해서 엄마 아빠가 해석할 수 없는 암호문들로 채워졌다. 한번은 시골 할머니네 마을을 묘사하는 데 어느 시집에서 읽은 시구를 끌어다 쓰기도 했다.

악귀가 출몰하는 위어 지방의 숲속,
그 습한 오버의 작은 호숫가 아래였지.

에드거 앨런 포의 시 「울랄름」의 일부였다. 지루한 시간의 구멍을 상상으로 메우는 수밖에 없었던 그 시골 마을을 엄마가 쉬이 알아들을 단어로 그려 내고 싶지는 않았다. 엄마 아빠를 떠나 혼자 시골 할머니 집으로 돌아가는 게 어떨까 고민했던 날의 흔적이었다.

동미의 의심대로 엄마는 몇 번 더 딸의 일기장을 뒤적거렸다. 하지만 동미 엄마 눈에 보이는 거라곤 날씨 그림들과 어디서 베껴 쓴 듯한 음울한 시구들밖에 없었다.

"대체 뭔 생각을 하고 사는지 모르겠다니까."

에드거 앨런 포의 시를 인용한 일기를 계기로 동미 엄마도 더는 딸의 일기장에 손을 대지 않게 되었다. 일기를 통해 한동미를 해독하는 건 불가능하다고 최종 판단한 것이다. 다행히 그 뒤로 나 역시 동미의 언어들을 되찾게 되었다.

그리고 엄마 아빠가 새집과 일터를 구한 곳이 예전의 그 도시라는 사실이 밝혀졌다. 아빠는 그 동네 마트에서 배달 일을 하기로 했고, 엄마는 아는 이모의 밥집에서 일하게 되었다고 했다.

동미는 '나는 오늘'과 '참 보람찬 하루였다.'의 일기 공식을 배운 곳으로 돌아갔다.

기찬영이 있는 동네였다.

그날의 날씨를 뭐라 표현해야 할까.

동미가 그린 것은 별들과 폭죽으로 뒤덮인 하늘이었다. 한낮에
도 별들이 총총 돋아나고 도시의 강변에선 폭죽 다발들이 때를 기
다리고 있던 그날, 동미는 기찬영을 다시 만났다. 동미는 『불을 지
피다』, 『파이 이야기』, 『프랑켄슈타인』 등의 소설책을 반납하러
동네 도서관에 가는 길이었고 기찬영은 에코백 가득 책을 빌려서
나오는 길이었다. 둘 사이의 물리적 거리는 10미터도 안 되었지만
동미는 그 사이에 우기의 아마존강과 기나긴 이야기가 흐른다는
걸 알았다. 그래서 무작정 뛰었다. 그 너른 간극을 좁히자면 서둘
러야 했다. 기찬영이 나를 기억할까, 내 이름은 알까 하는 고민 따
위에 묶여 있을 새가 없었다.

두어 발짝까지 다가섰을 때 그 애가 입을 떼었다.

"한동미, 너……."

"안녕, 기찬영. 오랜만이야."

"뭐라 해야 되지? 우리 동네가 아니라 엄청 먼 나라의 낯선 도
시에서 우연히 다시 만난 것 같아."

그 순간 폭죽들이 솟구쳐 올라 동미의 하늘을 수놓았다.

기찬영은 동미가 아주 먼 데서부터, 이를테면 우기의 아마존강 같은 데서 달려왔다는 걸 어렴풋하게나마 아는 눈치였다. 적어도 한동미가 느끼기엔 그랬다. 황금 도시나 아나콘다를 들먹일 필요는 없었다. 중요한 건 기찬영이 오가는 거리를 한동미도 밟고 다닌다는 사실이었다.

찬영이가 근처에 있으면 동미는 마음이 놓였다. 늦여름 일주일에 한 번꼴로 눈이 내려도, 대설주의보가 내린 날에 도마뱀붙이들이 돌아다니는 사막을 가로질러도, 그 개별우주를 부정당할까 봐 겁내지 않아도 되었다. 돌이켜 보면 어릴 적에 기찬영이 갑자기 좋아졌던 이유도 그래서였다. 찬영이는 동미가 보편우주와는 조금 다른 곳에 속한 아이라는 걸 눈치챈 듯했다.

그날 이후로 동미 일기에는 기찬영이 다시 등장하기 시작했다.

중학교 1학년 겨울방학이 끝나 가고 동미의 하늘에는 무지개가 걸려 있던 어느 날이었다.

책을 빌리러 도서관에 가던 동미는 돌연 걸음을 멈추었다. 어디선가 도르륵 도르륵 하는 소리가 울렸던 것이다. 거대한 구체가 천천히 구르는 듯한 소리였다. 다른 사람들은 그 소리를 듣지 못했는지 하나같이 무신경한 얼굴이었다. 소리는 금세 그쳤고 동미는 다시 도서관으로 향했다.

동미가 대여섯 걸음쯤 갔을 때 그 소리가 다시 시작되었다. 도르륵 도르륵……. 소리는 동미의 거리와 하늘을 가득 채우며 진동하고 있었다. 그제야 소리가 제 귀에만 들린다는 걸 깨달은 한동미는 주위를 도리반거렸다. 문구점과 아이스크림 할인 판매점 사이의 골목을 지나, 최근에 문을 닫은 카페와 빵집 앞길을 지나, 옷 수선집 앞 작은 횡단보도에 그 애가 있었다.

그건 기찬영 눈알이 구르는 소리였다.

한동미의 동선을 쫓아 기찬영의 눈동자가 움직일 때마다 도르륵 도르륵 소리가 울렸다. 그 애의 존재론적 반응과 떨림이 동미의 대기를 출렁이게 했다. 동미는 줄칸에다 마지막 문장을 쓴 다음 동그란 눈알을 두 개 그려 놓았다.

열다섯 살이 된 동미는 일기를 짧게 자주 썼다. 내가 '다이어리'라는 새 이름으로 언제나 동미와 함께 다녔기 때문에 가능한 일이었다. 줄칸에는 일기보다 일정 관련 메모들이 더 많았지만 상관없었다. 나는 변함없이 동미가 거쳐 간 개별우주를 간직하고 있었다.

이제 그날의 일을 마저 이야기해야 할 것 같다. 동미는 우기의 아마존강을 건너 기찬영과 재회했던 날처럼 날래게 뛰어갔다.

"안녕, 기찬영."

"어, 안녕, 한동미."

　그게 다였다. 동미는 이 동네 어딘가에 기찬영이 있다는 게 좋
았지만 고백을 한 적은 없었다. 동미에게 찬영이는 모래 언덕의
가장 예쁜 도마뱀붙이였고 어쩌면 기찬영에게 동미 또한 그 비슷
한 존재일지도 몰랐다.
　하지만 보편우주는 동미의 삶을 다시 흔들었다. 아직은 엄마 아
빠가 주도권을 쥐고 있는 그 세계는 도마뱀붙이들을 떼어 놓기로
했다.

이번에는 아예 시골 할머니네 동네로 내려가서 농사를 지을 생각이라 했다. 할머니가 혼자서는 감당할 수 없게 된 땅을 빌려주기로 했으니 세 식구에겐 좋은 기회라는 것이다. 엄마 아빠와 번갈아 싸우면서도 예전과는 달리 동미는 일기를 멈추진 않았다. 불운의 망토를 뒤집어쓴 줄도 모르고 길을 찾았다고 호언장담하는 얼간이 토끼 부부가 등장하기도 했고, 동미 방에만 물이 차서 침대가 둥둥 떠다닌 적도 있었다.

기나긴 싸움은 이제 엄마 곁에 가서 정착하고 싶다는 동미 엄마의 고백으로 끝이 났다. 엄마의 뜻이나 처지에 공감한 건 아니었다. 그 시골 마을로 불어 가는 바람을 그치게 할 방법이 없었을 뿐이다. 바람은 엄마의 보편우주와 개별우주가 합심해서 만들어 낸 것이어서 어느 때보다 거칠고 일방적이고 강했다.

금요일 오전 수업을 마치고 가방을 챙겨 교무실로 갔더니 엄마와 담임이 기다리고 있었다.

두 사람은 동미에 대해선 걱정할 게 없다고 입을 모았다.

동미는 엄마 차에 타자마자 나를 펼쳤다.

실금이 간 하늘을 그렸다. 금방이라도 시커면 우박이 쏟아질 듯
한 날씨였다. 엄마가 집 쪽으로 핸들을 꺾었을 때 하늘이 무너져
내리기 시작했다. 동미는 짙은 망각으로 이 동네를 묻어 버릴 작
정이었다. 말끔히 잊어버리면 덜 속상할 테니까. 학교와 도서관이
차례로 붕괴되었고, 아빠가 배달 오토바이를 몰고 지나다니던 큰
찻길도 갈아엎은 것처럼 아스팔트가 깨져 있었다. 그 잔해들 위로
우박 덩어리가 수북하게 쌓여 갔다.

집에 도착한 동미는 나만 챙겨 들고서 이 동네의 종말을 지켜보
았다.

다 사라져 버리라지.

괴팍한 주문을 일기에 써 놓은 터라
검은 우박은 쉬이 그치지 않을 터였다.

동미는 공영 주차장 뒤편 오르막 계단 길로 달려갔다. 계단 길 마루에 서면 학교와 도서관 사거리를 볼 수 있었다. 하지만 그쪽은 이미 검은 우박으로 뒤덮인 뒤였다. 동미는 계단에 걸터앉아 나를 펼쳤다. 하지만 일기를 한 줄도 보태지 못한 채 다시 일어서야 했다. 저 아래, 골목길을 따라 기찬영이 달려오고 있었기 때문이다.

"야, 한동미!"

동미도 계단을 뛰어 내려갔다.

"기찬영!"

찬영이는 어디 웅덩이에라도 빠졌던 것처럼 온몸이 흠뻑 젖어 있었다. 하늘 어디에도 빗줄기는 없는데 찬영이의 앞머리와 턱 끝에서 물이 뚝뚝 떨어지고 있었다.

"왜 이렇게 젖었어?"

"네가 전학 간다는 소식을 듣자마자 비가 퍼붓더라고."

그러고는 하늘을 올려다보는 것이었다. 지금 기찬영의 세계에는 장대비가 쏟아지고 있는 게 틀림없었다.

"내가 여기 있는 건 어떻게 알았어?"

"발소리가 들렸어. 네가 달리면 세상이 쿵쿵 울리거든."

한동미의 세계에선 기찬영 눈알이 구르는 소리가 울리듯, 기찬영의 세계에선 한동미 발소리가 진동하는 모양이었다.

"도착하면 연락해, 꼭."

"응. 날마다 전화할게."

"어딘지 알려 주면 놀러 갈게."

그 순간, 기찬영의 어깨 너머에서 무언가 타닥타닥 터지는 기척이 울렸다. 검은 우박들이 공중분해 되는 소리였다. 땅에 쌓였던 덩어리들도 먼지가 되어 흩어졌고 마을은 차츰차츰 본래의 모습으로 돌아갔다. 기찬영의 머리와 옷도 말라 가고 있었다.

둘은 손을 잡고 동미네 집까지 함께 걸었다.

찬영이가 동미를 볼 때마다 도르륵 도르륵 소리가 하늘에 울렸다. 동미가 걸음을 내디딜 때마다 쿵, 쿵, 천둥 같은 파동이 찬영이의 대기에 밀어닥쳤다.

다음 날, 동미는 할머니 집으로 가는 차 안에서 나를 꺼냈다. 아직 아무것도 쓰지 않았기 때문에 오늘의 일기가 어떤 이야기로 채워질지는 모른다. 하지만 햇볕이 쨍쨍한 태양을 그려 놓은 것으로 보아, 지금 한동미의 개별우주는 맑다. 차창 바깥, 봄날의 보편우주가 따라올 수 없을 만큼⋯⋯.

처음 일기장과 마주했던 날의 낭패감을 기억한다.

날씨를 고르는 것부터 난관이었다. 싸락눈이 장난처럼 흩날리다 그쳤는데 구름에 동그라미를 쳐야 할지 눈사람에 동그라미를 쳐야 할지 알 수 없었다. 구름을 고르자니 뭔가 아쉽고 그렇다고 눈사람을 고르자니 부아가 났다. 글과 그림도 어렵긴 마찬가지였다. 하루를 돌아보고 반성하라는데 암만 머리를 굴려도 반성할 게 떠오르지 않았다. 고심 끝에 나는 일기 쓰기의 속성을 깨달았다. 일기란 '에라, 모르겠다!' 하고 써 버리면 되는 것이었다.

실제로 어릴 적 일기 대부분이 지어낸 이야기들이었다. 하지만 그 안에 내가 있었다. 그즈음 나의 기분과 무의식이 그 이야기를 빚어냈기 때문이다. 내가 온갖 공갈들로 일기장을 채우는 내내 일기는 내 머릿속을 들여다보고 있었다. 써진 문장들과 그려진 그림들만으로는 해독되지 않는 나의 개별우주를 지켜보는 것이다.

『날씨부터 동그라미』는 일기가 지켜본 '한동미'의 성장담이자 개별우주의 기록이다. 일기는 동미를 안다. 하지만 나는 동미를 모른다. 나는 그저 동미가 속한 보편우주의 일부에 지나지 않는다. 어쩌면 나는 '동미를, 동미들을, 청소년을 모른다.'는 말이 하고 싶어서 이 책을 썼는지도 모르겠다.

누군가의 개별우주는 온전한 해독이 불가능하며, 해독되지 않는 채로 두는 게 좋다. 그래야 동미들이 제 세상에서만 내리는 비에 젖을 수 있다. 내가 할 수 있는 최선은 동미들과의 거리를, 아주 조금, 좁히는 것뿐이었다. 도르륵 도르륵, 찬영이의 눈알 굴리는 소리가 울리고, 쿵쿵, 동미의 발소리가 진동하던 그 거리 어디쯤에 '보편우주의 행인1'인 내가 있었다.

그렇게라도 너희를 만나서 기뻤어.

함박눈이 펑펑 쏟아지는 어느 여름날,
최영희

천천히
읽는
짧은
소설 04

날씨부터 동그라미

2023년 6월 20일 처음 찍음

글쓴이 최영희 | **그린이** 김선배

펴낸곳 도서출판 낮은산 | **펴낸이** 정광호 | **편집** 조진령 | **디자인** 하늘 · 민 | **제작** 정호영

출판 등록 2000년 7월 19일 제10-2015호 | **주소** 04048 서울시 마포구 어울마당로5길 16 반석빌딩 3층

전화 02-335-7365(편집), 02-335-7362(영업) | **팩스** 02-335-7380

홈페이지 www.littlemt.com | **이메일** littlemt2001ch@gmail.com | **트위터** @littlemt2001hr

제판 · 인쇄 · 제본 상지사 P&B

ⓒ 최영희, 김선배 2023

ISBN 979-11-5525-165-2 43810